姉の名は文子

しおばら　ともこ

目次

まえがき……5
姉の名は文子……7
あとがき……47

まえがき

テレビから聞こえた『ドクターイエローが…』とのフレーズに胸を付かれ、急に涙が溢れてた。

「ゆうべドクターイエローを見たんよ。」と嬉しそうに病室の姉は笑った。その希少さから『見ると幸せになる』と言われているドクターイエローを見た翌日、姉と私を前にして「ごめんなさいね。年単位は難しいのよ。」と医師は告げた。姉は少し泣いた後で「まだ時間があるから楽しめるわ。」と明るさを見せたけれど、それから2か月で遠い人になってしまった。

あれから半年が過ぎ怒涛のような看護の日々は少しずつ遠くなったけれど、時々不意に大きな悲しみが押し寄せる。長距離バスの外に流れる闇や、人けのない病棟の廊下の長椅子、ありがとねと言った姉の細い声。それらが急に目の前によみがえり私は立ちすくむ。それは姉はもういないんだと今更のように私に告げるのだ。

二人きりの姉妹だが事情があって姉との間に血縁関係はない。姉の嫁いだ岡山は遠く、行き来も多くはなかった。気が合ったと思った事もない。でもこんなに悲しいのだ。

去年は友人達と旭川の土手でお花見を楽しんだという姉に代わり、今年は私が桜を愛でた。そうだ。そんなに遠くない日に私も姉に再会するのだ。満開の桜の下を「お姉ちゃん」と小さく呼んでみた。

姉の名は文子

konomi

姉の名前は文子という。平凡な名前だが、姉はとてもその名を気に入っていた。本好きで、暇さえあれば寝転んで本を読む。周りが声をかけても聞こえない。集中力があるから雑音は耳に入らないのと、言い訳のように言っていたが、手当たり次第読む文章の量は確かに多く、活字を愛していたことは間違いない。本好きで教養がありそうな名前でしょ？と自分の名前を自慢していた。

ランダムに　読む本読む文字　本の虫
文子という名は　お気に入りなり

その姉が短い闘病の末、亡くなった。六十五才であった。六十五才なら、さほど短命ではないと思われるだろう。しかしその死は私の心を乱した。こんなに悲しい気持ちになることを想像していなかった。

痩せる間も　なく病に　取り込まれ
　はらはらと散る　闘病二ヶ月

病名は胆管癌。見つけにくく治りにくいと聞く。元気で健康そのもので病気から一番遠いところにいるように見えた姉。半年前の健康診断でも何の異常もなかった。夫はすでに亡く、一人息子は県外で働き、リフォームした広い家に一人暮らしていたが、微熱が続き、家庭医から大きな病院を紹介されたのは、八月の終わりだった。そのときもうすでに黄疸症状が出ていたという。

胆嚢炎　らしいからまず　検査をね
　明るい声で　一人入院す

検査だけで　帰るつもりの　入院は
二ヶ月だけの　最後の住まい

まさかそのまま病院で亡くなることになるとはだれも想像していなかった。検査に一週間をかけ病名は胆嚢癌と判明する。「私、癌だって」こちらが戸惑うような明かるい声で姉は電話を寄越した。身内に症状とこれからの治療方針を伝えたいという医師からの伝言を私に伝えたあと、ホント、ビックリだよねえーとまるで他人事のような言い方をした。

今にして　思えば予兆　背の痛み
受診するまで　半年余り

友達に背中が痛いのよとこぼしたことがあるという。事情があって働きにでなくてはならなかった姉の主な仕事は老人ホームでの入浴介助だった。慣れない仕事で疲れていたようだという。

その時病院に行っていれば、と思うことがある。だが、難しい部位の癌なので結局は黄疸のような症状が出るまでは判断はつかなかったでしょうと主治医は言う。早く受診しても今回の受診でも差はなかっただろうという説明は、受診を勧めなかった家族や周囲をほっとさせた。誰もが受診を強く勧めなかったことを悔やんでいた。

ごめんなさい　年単位では　無理なのと
告げられ涙　止まることなく

姉と二人呼ばれた部屋で胆管癌の状態と今後の治療法について説明を受けたあと、治療すればどのくらい？と聞いた答えは、治療しても年単位での生存は難しい、だった。

主治医は優しく可愛らしい女医さんで、姉の目を見ながら小さな声で何度も何度もごめんなさいねと言った。

完治とは　程遠く病　進みきて
せめて一年と　望むも虚し

病室に戻る長い廊下の窓に、街並みの灯りが見えた。病室で何も話さず二人で静かに泣いた。仕方ないよねと姉は言った。

東日本大震災の二週間後に夫が脳腫瘍で亡くなっている。震災の被害を夫の病室のテレビで見ていて、何の準備もなく亡くなっていった人々の理不尽さに、心を痛めていた。

覚悟なく　死を迎えたる　無念さに
猶予があると　自ら慰む

順番ねと　言うも早くは　ないですか
三つ違いの　姉六十五

翌日からいつもの元気な姉に戻り、抗癌剤を試したいと言い出した。効果のほどはやってみないとわからないという主治医の説明に、やれることには臆せず挑戦しようと思ったのだろう。抗癌剤治療が始まるとどうなるか分からないからと、積極的に外出した。近しい友がその外出をサポートしてくれた。

病人に　なった気分と　車椅子
　押されてはしゃぐ　真夏の散歩

車椅子　押されてうどん　食べに行く
　冷やしぶっかけに　とり天つけて

脱毛に　備えてキャップの　カタログ本
　あれこれ選ぶ　陽だまりの中

友達にあげたいものがあるからと一時帰宅をした。この先厳しい状態になることは説明済みである。たくさんの友達が集まってくれて姉を励ましてくれた。

形見分け　命ある間に　準備する
あれは彼女に　これは息子に

片付けは　無理ねと水遣り　ゼラニウム
許された午後の　一時帰宅で

しかし日々少しずつ力がなくなってきているのが、傍で見ていても明らかだった。抗癌剤治療に向けてしっかり食べて寝て体力をつけなければ。病院食が急に不味く感じてきて、今食べられそうなもの、とリクエストをもらい大至急作って届けた。それでもさっきまで食べたかったんだけど…とほんの一口だけ食べて箸を置くこともあった。

刻々と　変わるオーダー　夕御飯
おでん　焼きそば　ナポリタンなり

ページ伏せ　読めないのよと　本の山
活字中毒　終息の秋

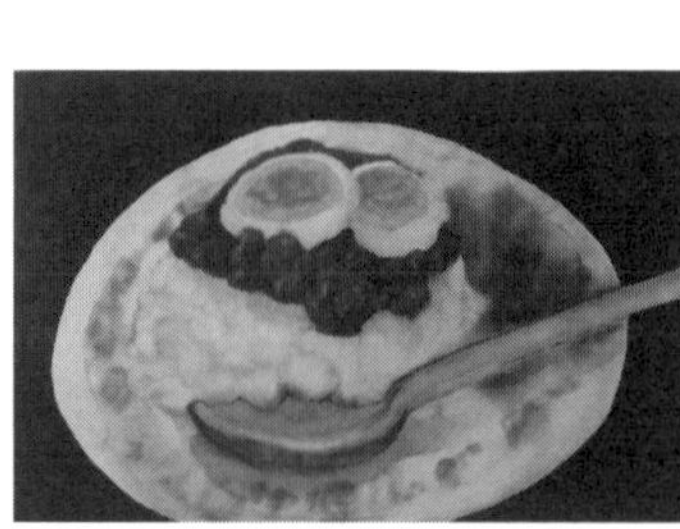
konomi

活字中毒の姉のために、友達が毎日のように本を届けてくれた。入院当初は読書三昧と喜んでいたが、すぐに本を開く気力も無くなった。

本当に検査だけと思っていたため、サンダル履きで入院している。脚のむくみが酷くなり、足が入らなくなった。

一時《いっとき》の　検査と思い　サンダルで
　入院するも　帰ることなき

足むくみ　サンダル履けず　甲高の
　28センチ　男物買う

また腹水も溜り始め、病衣がきつくなったためサイズを大きくしてもらった。お風呂で見たらビックリよと姉は苦笑していたが、触った私もビックリな大きさだった。

サイズ増え　新しき病衣　受取りて
　腹水溜りし　お腹をさする

乾燥の　手足にクリーム　塗り込めて
　そのザラつきを　削り取らんとす

それでも一度は挑戦しないと、と待ち望んだ抗がん剤治療が始まった。その頃私は住まいの横浜から仕事を終えた金曜の夜行バスで岡山に朝到着し、日曜の夜行バスで直接仕事に行く、という生活をしていたが、抗がん剤の治療中は姉の希望で岡山行を中止することになった。苦しいかもしれない、痛いかもしれない、だからその時は一人で戦いたいというのである。送れるようならメールで様子を知らせてもらうことにした。

「変わりなし」「少し気持ちが悪い」「眠れない」などと短い文が送られてきた。思ったほど辛くなかったそうで、２クール目に意欲を燃やしていた。

配膳の　カートの音に　嘔吐する
　抗がん剤は　２クール目なり

好物は　おでん　焼きそば　豆大福
　すべて揃えるも　口には運べず

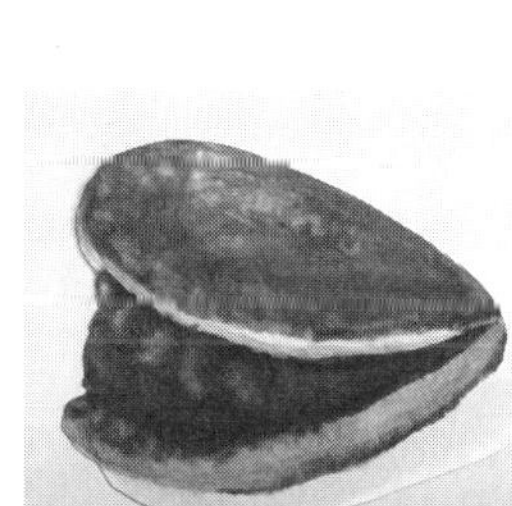

konomi

１クール目より１段階強い薬になったためか、副作用で辛い症状がでてきた。辛い思いをした上、主治医からも治療効果がなかったと厳しい結果も告げられた。効かなかったんだね、と本当にがっかりした表情で姉は外を見ていた。

試したいと　強い気持ちで　抗がん剤
　成果見られず　身体は弱りて

苦しまず　痛くなく送って　欲しぃわと
　緩和病棟へ　移室を望む

歯科治療　予約キャンセル　電話して
　死んじゃうんだもの　もういいよねと

緩和病棟に空きがなく、個室に移って空きが出るのを待つことになった。空き、すなわち誰かの死を待つことになった。友達の多い姉の４人部屋にはいつも人が来ていて、同室の患者さんを気遣い、個室の空き待ちもしていた。

待ち焦がれ　やっと入れた　個室部屋
　思い切り泣けると　嬉しげに言う

個室に移ってからは、亡くなった後のことを話題にした。

＊葬儀はせずに直葬にすること。
＊戒名は付けず俗名で送ること。
＊柩に入れる花は菊でないこと。
＊枕元にはお線香でなくお香を焚くこと。
＊火葬の後は自宅近くのイタリアンでお疲れ様の昼食会を開くこと。
＊自宅にあるすべてのものを友達や親しい神父様で分けて欲しいこと。

そして柩に入る時の最後の服も選んだ。この服は大好きな友達にもらったのよと広げて身体にあてていた。

退院は　こげ茶のウェアに　ストールで
悲しき選択　服を選びて

緩和病棟に移ると看護師さんが変わるから、と優しくしていただいた看護師さんにお礼と言って収集していた香石鹸をあげていた。みなさんとても明るく姉に接して下さり、ほんわかした方言や冗談が飛び交っていた毎日だった。

看護師さん　ほんとにお世話に　なったわと
かおり石鹸　涙で渡す

姉が遠い岡山に嫁いで三十年になる。次女である私が両親のそばに住み、姉は義父母と共に暮らした。嫁ぎ先が歯科医ということで経済的には豊かであったが夫婦仲はあまり良くなく、楽しい時間を過ごすのは夫ではなく岡山でできた友達たちだった。その交際範囲はとてつもなく広く、岡山に通うようになってそれを知った私は本当に驚いた。次々にお見舞いに来て下さる方との関係を姉にいちいち尋ねていた。明るくて愉快な友達が山程である。さぞ楽しく賑やかな毎日だったろう。

毎日来て下さった友がいる。本当に毎日だ。姉が望めば何時間でも姉につきあってくれた。夜間であろうと早朝であろうと、姉の命がある間はすべてを後回しにして姉のことを優先してくれた。だから私は遠い横浜にいながらでも、その友達に助けてもらいながらの看護ができた。一緒に電話で、病院の廊下で、車の中で泣いてくれた。

発症から　事切れるまで　寄り添いて
我にも勝る　看護の日々を

命ある　間は文子さん　ファーストで
何でもするわ　何でも言って

姉はたくさんの友達に囲まれ、甘え、頼り、常識から少し外れたフワフワした感じで暮らしていた。

昔から変わった姉であった。姉のいい加減さに母そして私も呆れていたが、結局のところお姉ちゃんだから仕方ない、に落ち着く。言葉で説明することはとても難しいが、常識的なこと、相手の心の内を読み取る力、意にそぐわぬ頼まれごとを断る力、人の本質を探る力などは非常に劣っていて警戒心が薄く、それが元で騙されたり、できもしないことを引き受けたり、裏切られたりしていた。しかしその事を恨むということはなく、仕方ないねとか本当はいい人なのなどと言い、私をイラッとさせた。私に意見されると、知り合いや占いなどを頼ったりして更に私を呆れさせた。また非常に優しく、強く怒ったり人を非難したり差別したりすることはなく、特に障害のある方やお年寄りにはめっぽう優しくて、たくさんのボランティアもし、障害のある友達も多かった。捨てられたり虐待に合った犬猫達も進んで面倒を見ていた。

奔放を　許す友に　囲まれて
　岡山での日々は　しあわせなりき

友と行く　日帰り旅行　数知れず
　写真の中に　笑顔溢るる

常識が　わからんのよと　嬉しげに
発達障害と　自己分析す

あの人の　良さが分からん　なんて何故？
意見する我を　可哀そうと言う

小中高　同じ学び舎　いつだって
遅刻　欠席　忘れ物ばかり

捨てられた　子猫を愛し　犬を愛で
代々並ぶ　小さな墓石

障害も　老いも病も　垣根なく
姉の周りは　たくさんの友

オアフ島　肥満が美人の　条件と
聞いて移住を　検討するなり

人のよさ　付け込まれて　騙されて
失くしたものは　数知れぬほど

個室に移ってから自分の力で立ち上がれたのは1週間もなく、トイレに行くのも息が上がってしんどそうだった。笑顔も少なくなり声も小さくなった。苦しさとしんどさだけを取り除いて欲しいのに、ここはまだ治療するのよ、と点滴を指さして言う。

緩和病棟はまだ空かないの？誰かが亡くなるのを待つって嫌ね、と言っていた姉だが毎日のように看護師さんに尋ねていた。

私は相変わらず横浜と岡山を毎週行き来していたが、この頃になると次は？と私の来る日をカレンダーにつけるようになった。

カレンダー　次来る日に　赤い丸
こんなにも頼られる　日が来るとは

私の話す子供の頃の話を、あぁそうだったねと懐かしみ、楽しげに笑顔をみせたすぐ後で突然泣き出し大粒の涙をとめどなく流した。ともこ、ありがとう、ありがとうと何度も何度も繰り返しバスタオルで顔を覆った。

いつかまた　会えるからねと　手を取れば
早く来なくて　ええんよと笑う

ありがとう　六十年分を　病室《へや》で聞く
　こちらこそと返す　六十年分

仕事持つ　妹と終焉《さいご》は　あの家で
　夢に見つつ　退職を待つ

手引きにて　やっとトイレを　済ましつつ
　最後までそこでと　切ない願い

点滴台　つかまりてやっと　立ち上がる
　昨日までは　支えなくとも

七年前に亡くなった夫に、あちらの世界で逢うんだろうかと、戸惑ったような顔で聞いてきた。それも楽しみじゃない？と言うと、いい人になってればいいんだけど、と。

先住の　夫に会うのも　楽しみと
黄泉の国に　思いをはせる

黄泉の国　初めてだからと　不安気に
安らぎの園で　あらんと願う

トイレ以外はずっと横になっている日が続いた。話すのもしんどそうで、死ぬのも大変よ、とつぶやいた。

曖昧に　なりつつ記憶　ぼんやりと
　今日は何日？何曜日なの？

あっ今日も　生きていられて　嬉しいと
　目覚めて一番　感謝の言葉

伏せたまま　艶なく話す　細い声
　時折落ちる　眠り悲しき

姉が眠っているときを見計らって時々病室を出た。談話室ではお見舞いに来ている人々の談笑の声がする。あぁ、あの人たちには未来があるんだと、姉にはない未来があるんだと胸がいっぱいになる。

降り人の　なきエレベータに　乗り込めば
　モーター音のみ　響く夜半

癌と知り、余命は一年以内としても、残された日々の半年くらいは友達と温泉に行ったり美味しいランチをしたりと楽しい時間を過ごすことができるだろうと思っていただろうに、この進行の早さは……。8月31日に入院して胆管癌と判明したのが9月の始め。抗がん剤治療を2クールして今は10月に入ったばかりだ。

残された　わずかな時間は　旅をする
　希望叶わず　立つこともならず

願わくは　もう少し　もう少しだけ
思い出重ねる　力を下さい

胸苦し　死ぬのも大変と　息を吐き
ナースコールで　痛み止め乞う

真夜中に　目覚めてまだ　生きてると
確かめ手足　触ってみてる

横浜にもう戻ってる場合ではないのかも知れない。年を越すのは難しいのだろうか。ただ仕事も家庭のことも気になる。一度整理をしてこなくてはと3日後に来るねと言って夜行バスに乗った。朝、出勤してやり残していた仕事に手を付けるとすぐ姉から電話があった。

今来てと　携帯の奥の　かすれ声
　飛び乗る列車　岡山は遠し

病室に駆けつけると、姉は静かに眠っていた。あんな力のない声で今すぐ、なんて、何かあったんだと焦ったが、目を覚ました姉は、死んじゃうような気がしたのと言う。ビックリしたよとちょっと怒ったように言うと、ごめんごめん、今度は本当に死ぬときに呼ぶわ、と笑った。
少し落ち着いているようなので、一旦姉の家へ戻った。

待っててと　今行くから　待っててと
　列車のドアが　開くももどかし

駆けつければ　静かな寝息　ほっとして
　お姉ちゃんと呼べば　涙溢るる

ただいまと　姉の代わりに　声かける
　住む人なき家　しんしんと冷え

姉の編む　中途で残りし　テーブルランナー
　音無き部屋に　ポツンと機織《はたお》り

翌日、病室に寄り1日だけ横浜に帰って、またすぐ戻ってくるからねというと、死なずに待ってるねと強く言った。

妹が　明日来るから　それまでは
絶対死なずに　待っているから
また明日　声さえ出せず　ヒラヒラと
胸の前で手　力なく振る

夜8時まで病室にいてまた夜行バスに乗った。昼間の姉の姿がちらちらして眠りにつけない。明け方まで狭い座席でもぞもぞとしていた。だから携帯のバイブにはすぐ気が付いた。1カ月ほど前から仕事を休んで姉に付き添っている一人息子からだった。涙声の危篤、としか聞こえない。後十分くらいで新宿に着く。すぐ折り返すと言って電話を切った。新宿から山手線で品川に出て、新幹線に飛び乗った。岡山までがいつも以上に遠く、遠く思えた。横浜に戻らなければよかったのだ…。岡山駅でタクシーに乗り姉の待つ病室へ急ぐ。お姉ちゃん、待っててと何度も言いながら急ぐ。

姉のベットの周りに息子や近しい友がいた。「文子さん！妹さんが来たよ！」

命ある　あかし息で　曇りたる
　　酸素マスクに　細い息吐き

最後まで　聴覚は残る　事信じ
　　お姉ちゃんと　耳元で叫ぶ

逝く姉に　文子さん楽しかったよと
　　繰り返す友　姉に届けと

4Lの　下着入らず　頼まれて
5L探すも　すでに遅し

一本の　線になりにし　モニターの
揺るがぬ事実　十時五十一分

私が病室に到着してから五分も経っていなかった。主治医が時間を告げ深々と頭を下げた。姉はとうとう遠いところに行ってしまったのだ。55日、2ヶ月ももたない短い闘病だった。

早ければ　4ヶ月くらいと　知らされて
なおも短き　2カ月の命

それからは死後の手当を看護師さんがして下さったり、部屋を片付けたり直葬をお願いした葬儀社の方が見えたりで、あわただしく時間が過ぎ、姉はストレッチャーに乗せられ、霊安室へ移動した。

たくさんの　医師看護師に　送られて
　闘病の部屋　後にするなり

霊安室　向かうエレベータは　奥の奥
　金属の音　冷たく響く

駐車券　スタンプを押す　受付で
　お大事にと　死去のその日に

火葬場に行く前に一晩だけ自宅に戻った。看護師さんがエンゼルメイクをして下さったが私の次女が自分の化粧道具で手を加えると、それは美しい寝顔になった。

姪っ子が　エンゼルメイク　施せば
　　　ただ昼寝のよう　美しく見え

直葬を　望みし姉へ　お別れの
　　　途切れることなき　友の献花

愛生園より　駆けつけたる友　呆然と
　　　垣根なき姉の　付き合い広し

世にあまた　ある死去の報　接すれど
　されど姉の死は　何にもまして

菊は嫌　別れの花を　指定して
　柩の中に　ほのぼの眠る

結局は　出番がなしの　脱毛キャップ
　お気に入りにて　柩に入れる

花とたくさんの友と一晩過ごし焼き場へ向かった。

火葬炉の　釦押しけり　子の指の
　微かな震え　読経の中で

高所忌む　姉火葬炉に　吸い込まれ
　煙となりて　青空に昇る

姉の望んだとおり皆さんと食事をして解散した。誰もいない家へ戻ると、姉の泊まった部屋にお香の優しい香りが漂っていた。不謹慎だがひどく疲れていて、そのままソファーで横になり少し眠った。

駆け抜けた　2ヶ月足らずの　看病は
　後悔する間も　我に与えず

あの日から、時がたち、日常が戻ってきた。私は毎朝満員電車に揺られ出勤し、退社後はあわてて帰り夕飯の支度をした。たまには外で食事をしたり、友人とランチをしたり、家では缶ビールを飲みながらバラエティを見て大笑いをしていた。姉との日々は遠くなっているように思っていた。でも急に、本当に急に悲しみで身動きできなくなることがあった。何の前触れもなく泣き出す私を、悲しいのは当たり前だよと長女が慰めてくれた。

あの日々を　胸奥深く　封印し
今日も一日　泣かずに過ごす
でも突然　日々は胸から　湧き出《い》でて
渦巻きのよう　悲しみ来たる

携帯に　残りしメール　そのままで
開《ひら》ける時が　来る日を待つ

姉の死を　知らぬ人から　尋ねられ
急にこみ上げ　言葉続かず

1月に入り家の整理に岡山を訪れた。文子さんの思い出話でも、と近しい友が寄ってくれた。家の管理をしていただいているその友らは、先日も姉の遺影を囲んでランチをして下さったという。

友集う　遺影の前で　昼ごはん
焼きそば　巻きずし　ワッフルなどで

konomi

この味が　好きだったからと　作り来て
友と囲みし　つくね牛蒡鍋

急すぎて　夢での出来事　みたいだわと
夢ならどんなに　良かったことか

在りし日の　という言い方が　悲しくて
あの頃と言い直す　思い出話

遺影写真　持ち帰る友　伏せたまま
まだ見れんのよと　寂しく笑う

半分は　実家の墓に　入りたし
遺骨分けたり　冬日向で

私たちの母はまだ存命で、特養で楽しく暮らしている。認知症を患っているため姉のことはだいぶ前から分からなくなっていた。

血縁の　無き姉なれど　悲しみは
日に日に深く　染み渡るなり

認知症　患う母の　幸せは
娘の訃報　理解せぬこと

クローゼット　香りの布を　忍ばせて
形見の服は　アリュールの香り

あとがき

そして今、私は姉との日々を書いている。きっかけはプレバトだ。テレビ番組で芸能人が俳句を詠むのを見て、凝縮された言葉を使って思いを詠むところにとても惹かれた。やってみたい、姉との時間をを詠んでみたいと思った。しかし俳句では時数が少なすぎてその上季語も入れ込むとなると、とても無理だった。が、自由な短歌にしてみると、不思議と次から次へと言葉が浮かんでくるのだった。その時の情景、気持ち、表情などが鮮明に浮かんでくるのだった。

短歌など詠んだことがなかったが、こんな風に1冊の小冊子になった。この1冊を、大切な姉、そして姉を優しく見守って下さったたくさんの友達に捧げたい。

プレバトに　背中押されて　踏み出した
この一冊が　宝となりぬ

姉逝きて　その身は天に　召されても
笑顔は永久《とわ》に　胸に残りて

姉の名は文子

二〇一八年七月十日　初版第一刷発行

著　者　しおばら ともこ
発行者　谷村勇輔
発行所　ブイツーソリューション
〒四六六・〇八四八
名古屋市昭和区長戸町四・四〇
電　話　〇五二・七九九・七三九一
FAX　〇五二・七九九・七九八四
発売元　星雲社
〒一一二・〇〇〇五
東京都文京区水道一・三・三〇
電　話　〇三・三八六八・三二七五
FAX　〇三・三八六八・六五八八
印刷所　モリモト印刷

ISBN978-4-434-24784-2